KB266674

청어詩人選 521

당신을 만나고 나서야 말을 배웠다

이시후 시집

청어

당신을 만나고 나서야 말을 배웠다

이시후 시집

시인의 말

오랫동안
나는 나보다 앞에 놓인 삶을 먼저 살아왔다.
돌봄과 책임이 하루를 채웠고,
나 자신을 돌아보는 일은
자주 다음으로 미뤄졌다.

학부 시절 영문학을 전공하며
문학이라는 세계를 만났지만,
삶은 그 설렘을 오래 붙들어두지 않았다.
현실은 늘 먼저였고,
문학은 마음속 어딘가에서
조용히 자리를 지키고 있었다.

그러다 늦은 나이에
다시 학생이 되어
학교의 계단을 오른다.
이제 배움은
젊은 시절의 기대가 아니라,
삶을 통과해 온 사람에게
다시 건네지는
보다 단단한 질문이 되었다.

사회 활동과 봉사의 현장에서
수없이 부딪히고 흔들리며 지나온 시간들,
말로는 다 전하지 못했던 감정들은
세월을 건너
시가 되었다.

이 시집은
자기 몫의 시간을 끝까지 건너온 한 사람이
마침내 도착한
첫 번째 발화다.

늦게 시작했으되 가볍지 않으며
서투름마저 삶으로 건너온 언어로
이 시어들이
각자의 시간을 살아온 이들에게
조용히 닿아
서로의 마음을 알아보는
공감의 문장이 되기를 바란다.

차례

시인의 말

1부

12 눈물의 대리인

13 부부

14 당신을 만나고 나서야 말을 배웠다

16 촌수의 반전

18 건널목의 노인

21 문틈의 시간

22 등

24 외국어

26 육십갑자

27 뜸

28 관망

30 밥상을 차린다

32 모퉁이를 돌면

33 이해

34 낯선 생각의 길 위에서

36 계절을 지나온 연인

37 옹이

38 그냥 살아진다

40 여기

42 말하지 않아도 건너온 날

2부

44 그림자와 나란히

46 달빛의 금기

48 그 남자

49 한 계절을 보내면서

50 사랑의 번역

52 격식

53 길섶의 연주

54 그해 여름은 뜨거웠다

56 같은 물을 마신다

58 가을 페이지

59 비밀

60 어머니

61 어떤 순간

62 처음의 여자

64 기다림

65 빛을 찾아서

66 가을 한 장

67 아침

68 머물러 있는 것들

70 나무의 편지

3부

72   붙잡지 않는 날

74   이 계절이 너라서

76   일 년에 한 번만 보자

78   늦게 온 겨울

81   성장통

82   그래도 살겠지

84   이미 점유된 세계

87   경포대

88   달빛이 스며드는 순간

90   벽

92   피어나는 꽃

93   푸른 강줄기

94   합창의 집

96   그날의 봄

97   빙어

98   관계

100 묵묵한 그늘

101 이탈해도 괜찮다

102 남겨진 것

104 사는 것

4부

108　메뉴판

110　세월

112　침묵이 벗겨진 자리

114　호스피스 병동

117　빛의 주름

118　나비의 일

119　가벼움과 무게 사이

120　돌아올 길이 없어서

122　이름표 없는 계절

124　여자

125　자리

126　빛이 먼저 웃을 때

128　열린 문에 앉다

130　불량연애

132　저녁 무렵

134　부사

136　오늘

138　아침은 늘 오기에

139　꽃

140　빈자리

해설_김부조(시인·칼럼니스트)

142　체험과 성찰이 빚어낸 절제의 언어

1부

눈물의 대리인

그대 울다 지치면
대신 울음이 터져 나오는
나는 곡비

그대 고통이 목까지 차올라
숨이 막힐 때
그 슬픔 빠져나갈
창 하나 열리길 바라는
눈물의 대리인

오랫동안 나는 돌부리에 부딪혀
상처를 안고 흐르는 강물이었다

그 눈물의 심장은
나를 향해 뛰고 있다는 것을
이제야 알았다

살아 있어도 죽지 못하는
격렬한 울음 뒤에는
힘겹게 두 손 움켜쥔
기도가 있다

부부

당신의 말은
끝내 번역되지 않는다
식탁 위 말들은 사라지고
숟가락 부딪히는 소리만 남는다

당신의 문장은 별나라 언어
나는 당신의
단어 사이 공백을 더듬고
당신은 창밖을 보며 한숨을 쉬고

말이 통하지 않는
우리는 이방인

채 익혀지지 않은 언어는
질기고 끈질기다

당신을 만나고 나서야 말을 배웠다

당신을 만나고 나서야
말을 배우기 시작했다

창가에 머물던 빛이
슬며시 흔들리던 아침
그 떨림이
당신이 건네는 안부였다는 것을
뒤늦게야 알았다

말이 되지 못해
캄캄하게 묻어 두었던 마음들
당신의 온도가 닿는 곳마다
작은 숨결처럼
문장이 틔워진다

당신이 나를 불러주던 그날 이후
나의 깊은 우물 안에서는
아무도 읽지 못한 언어들이
윤슬처럼 부서져 피어오른다

말하지 않아도

이미 전해지는 것들
함께 서 있기만 해도
저절로 밝혀지는
마음의 빛

당신을 만나고 나서
나의 마음은 비로소 말을 배우고
그 말들은 어느새
당신에게 닿는
단 하나의 시가 되었다

촌수의 반전

결혼하면 1촌?
촌수란
마치 족보 속 미로처럼
윗사람과 아랫사람을 부르며
인격의 평면을
층층이 찢어 놓는 말

아들의 말이
깨진 유리컵의 파편처럼 날아와
나의 이마에 박힌다

나는 한 사람의 인격체예요
번호표 달린 족보가 아니라
이름을 가진 존재란 말이에요

순간
나는 어리둥절한 웃음으로
나의 그림자를 본다

촌수란
피로 엮은 서열의 계산이 아니라

사랑으로 쌓은 거리의 비유였음을

새로운 서열
존중이라는 이름의
족보 첫 장이다

건널목의 노인

아침 햇살에
눈이 잠시 시려
건널목 앞에서 걸음을 멈춘다

초록 불을 그냥
흘러보낸 날도 있었고
빨간 불 아래
오래 서 있던 날도 있었다

어떤 노인
지팡이를 천천히 옮겨 놓았다가
다시 제자리로 돌려놓는 모습
멀리서 보인다

그 한 발 내딛는 일이
그리 어려울 것도 없을 텐데
이상하게
마음이 조용해졌다

밤마다 오래 켜져 있는
내 안의 신호등은

도무지 색이 바뀌지 않아
나는 여러 번
망설이기만 했다

노인은 초록불을
끝내 기다리지 못하고
빨간 불 아래서
조금씩 몸을 기울인다

아무도 보지 않는 줄 알았는지
바지춤에 손바닥을
조심스레 쓸어내리는데

그 손끝에서 떨어지지 못한
시간 한 조각이
슬며시 흔들린다

그 순간
나는 알았다

길을 건너는 일은 누구에게나

그림자처럼 지울 수 없는
숙제일 수도 있다는 것을

문틈의 시간

현관 앞
작은 심장이 웅크리고 있다
낯선 발자국이 스칠 때마다
귀 끝이 저녁 바람처럼 떨린다

닫힌 문틈 너머
아직 돌아오지 않은 그림자를 향해
두 눈은 등불처럼 켜지고

먼지 한 톨 내려앉는 소리에도
밤의 골목이 깊어지는 무게에도
그 기다림은
한 장의 달력보다 길고
한숨보다 더 고요하다

마침내 문이 열리는 찰나
멈춰 있던 시간은 뛰어올라
집 안 곳곳으로
별빛처럼 흩뿌려진다

등

그는
한 번 더 태어났다
작은 숨결 앞에서
이름 하나 기꺼이 내려놓고
허리를 굽혔다

따뜻한 밥을 안치고
작은 옷가지들을 접으며
아이의 웃음이 다치지 않게
등을 내주었다

높은 자리는 처음부터
그의 몫이 아니었다
작은 손이 닿을 수 있는 곳까지
그의 하루는 늘
뒤편으로 흘렀다

아버지란
앞에 서지 않는 사람

어둠은 먼저 맞고

빛은 오직
아이 쪽으로만 보낸다

세상이 가파르게 기울어도
그의 등만은
끝내
곧추서 있었다

외국어

당신의 말은
발음되지 않는 여권

국경 없는 공항을 떠돌다
끝내 찍히지 않는
도장으로 남는다

식탁은 출국장의 차가운 벤치
숟가락은 금속 탐지기처럼
서늘하게 울리고

이방인의 예절로
익숙한 고개를 끄덕이는
저녁 창밖의 바람은
철 지난 광고판처럼
희미한 문장으로 펄럭인다

당신의 문장은
암호화된 주파수가 되어
허공으로 흩어지고

우리는
한 지붕 아래 살면서도
서로를 향해
닿지 않는 손짓만 건네는
두 낯선 나라의 망명객

불현듯
당신의 웃음 한 조각이
빛으로 번역되어 함께
착륙점에 머문다

육십갑자

바람이 나의 이름을 불러도
이젠 서둘러 대답하지 않는다

저물녘 골목 끝자락
낙엽이 나보다 먼저
집으로 돌아가고
내 안의 시계는
조용히 태엽을 늦춘다

사람을 미워하던 날 선 마음도
이제는 그리움처럼 부드럽다
젊은 날 쌓던 돌담 위로
세월이 푸른 이끼로 내려앉는다

오늘은 그저
찬물에 쌀을 씻듯
하루를 천천히 헹구고 싶다

빛나지 않아도 괜찮은 나이
이제야 비로소
나의 긴 그림자와 화해한다

뜸

육십 해를 살아내니
이제야 밥솥의 뜸이 보인다

팔팔 끓는 열기보다
김을 삼키는 고요 속에서
쌀알이 서로의 온기를 품듯

사람도, 삶도
잠시 숨을 고르는 동안
비로소 제맛이 든다

조급한 불은
속을 설익게 하고
지나친 기다림은
밥물의 숨결마저 바스러뜨린다

인생이란
익히는 시간보다
지켜내는 시간이 더 깊어야
마침내
한 그릇의 밥을 넘어
한 그릇의 존재가 된다

관망

숲은
아무 말도 하지 않는다

소리를 내지 않고
길이 먼저 열릴 뿐

넘어진 자리에는
잎이 덮이고
서두른 발걸음 위론
그늘이 남는다

숲은
묻지 않는다
왜 왔는지
얼마나 머물 것인지

다만
조금 천천히 가도
괜찮다고

여기서는

숨을 고쳐 쉬어도
좋다는 기색

그 마음이 바람처럼
몸을 스치면
나는 무거운 발걸음을
숲의 품에
내려놓는다

이미
다 알아본 얼굴로
숲이 나를
보고 있어서

밥상을 차린다

새벽 물기가 채 가시지 않은
푸른 상추가 접시에 올라온다
도마 위로 흩어진
마늘 향기
칼끝에서 번진 달빛처럼 퍼지고
은그릇 속 고인 국물에는
구름 한 조각 스며들어
피어오른 김이
집 안 가득 숨결을 채운다

바스락거리는 마른 김
검은 바다를 접어 온 듯 펼쳐지면
고슬한 흰 쌀밥 위로
햇살이 수북이 담겨
숨 쉬듯 뜨거운 빛을 내뿜는다

숟가락들이 부딪히며
작은 은하처럼 반짝이는 시간
밥상은 오늘 하루를 지탱하는
무성한 숲이 된다

그리고
아직 쓰이지 않은
하루가 열린다

모퉁이를 돌면

그곳엔
쏟아지는 햇살이 있을까
낯선 그림자 드리워 있을까
아니면 텅 빈 골목일까

그래도 걸음은 멈추지 않는다
모퉁이란 언제나
두려움과 기대가 함께 머무는 곳

한 걸음 내디딜 때마다
나에게 묻는다
정말 괜찮은 것인지
지금이 맞게 가는 길인지

그래도 돌아가진 않는다
누군가 나를
기다리고 있을지도 모르니

모퉁이를 돌면
언제나 새로운 바람이 불어왔기에
오늘도 나는 그 바람을 믿는다

이해

함께 잠을 자도
우린 다른 꿈을 꾸듯
같은 곳을 바라보아도
서로 다른 것만 본다

내 말은 허공에
바람처럼 흩어지고
그의 말은
돌처럼 무겁게
가슴에 내려앉는다

이제
그 어떤 말보다 먼저
나는 이해라는 단어를
앞에 놓는다

낯선 생각의 길 위에서

생각과 부딪히지 않고서
어찌 자유에 닿을 수 없다 했던가

나는 기어이 떠난다
골목에서 길을 잃고
흙탕물을 가르며
아스팔트라는 악보 위에서
엔진의 북소리를 듣는다

낯선 생각은
또 다른 낯선 길을 불러내고
무지의 내면은
죽비에 맞은 듯
번쩍 깨어난다

물음들이 흩어지기 전에
시간의 틈새에서 흘러나온 것들을
문장의 그물로 건져 올린다

그러나
끝내 붙잡히지 않는 침묵

그 심연에서 시작되는
또 다른 길

계절을 지나온 연인

너를 가졌으니
더는 바라지 않는다

이른 아침에
약 한 봉지를 챙기고
약하게
불을 줄인다

먼 길도
큰 꿈도
이제는 없다

창가에
햇빛이 한 번 다녀가고
의자가 덜컹거려도

괜찮다

너 하나로
오늘이
무사하다

옹이

나무는
아프다 말하지 않는다
다만
피하지 못한 바람의 방향으로
살이 먼저 굳을 뿐

베어낸 자리마다
결은 어긋나고
그 벌어진 틈 사이로
시간이 단단하게 고인다

잘 자라지 못한 몸을
끝내
부정하지 못해

상처가 아니라
차마 떼어내지 못한
내 생의 한 대목이다

그냥 살아진다

모든 아픔이
말이 되는 것은 아니다

말이 되지 않아도
숨은
제때 들이쉬어지고

밥은
늦게라도 식어간다

아픔은 설명 없이
자리를 옮겨 살아가고

나는
말하지 못한 채로도
꾸역꾸역
하루를 넘긴다

말이 없다고
사라진 건 아니어서

오늘은 그냥
살아진다

여기

이유 없이도
오늘은 내가
나에게 돌아온다

부르지 않아도
문은 열려 있었고

비워 둔 자리에는
의자 하나
놓여 있다

앉아 있는 동안
하루는
말을 아끼고

남은 것은
숨 하나
시간 하나

이유를 묻지 않고
지나온 것들을 슬며시

곁에 둔 채

오늘의 나는
그 자리에 머문다

말하지 않아도 건너온 날

42

웃지 않아도
기쁜 날이 있다

아무 일 없이
해가 저물고

차 한 잔이
식지 않고 따뜻할 때

그 하루는
설명하지 않아도
내 편이었다

나는
그런 날을
오래도록 품고 싶다

2부

그림자와 나란히

저무는 남자가
등에 배낭 하나를 멘다
가볍지 않다

비워낸 것보다
쌓인 기억이 더 많아서
눈을 들면
길은 낡은 필름의 빛깔

젊은 날의 웃음과
불꽃처럼 터지던 환호가
느리게 감겨 온다

화려했던 사랑은 잠시
깜빡이다 꺼진 전구
넘치던 힘은
바람보다 먼저 저물었다

그 모든 것이
이제는 배낭 안에서
소리 없이 맞부딪힌다

남자는
뒤돌아보지 않는다
회한은 이미
충분히 걸어왔으므로

새로운 마주한 길은
젊지 않으나
속임수 또한 없다

남자는
제 생의 그림자와
나란히
잠시, 서 있다

달빛의 금기

당신
마음껏 누리시옵소서
길 떠나 바람을 마시고

벗들과 웃음을 나누며
맛의 향연 속에 잠기어
원하던 옷을
계절의 빛처럼 걸치시옵소서

그러하오나
단 하나만은
저의 소망으로 남겨주소서

새벽 달빛처럼
당신 발자국에 내려
그림자 되어 따르는 여인
그 빛만큼은
허락지 마옵소서

꽃잎은 바람 따라 흩날려도
씨앗 하나 품속에 감추듯

당신의 길 위에는
저의 이름 하나만 남기소서

그러니
세상의 모든 기쁨을 누리시되

부디
제 마음의 등불만은
다른 이에게 나누지 마옵소서

그것이
제가 평생 올리는
가장 깊은 기도이옵니다

그 남자

그 남자는 십 년째 산을 품고 산다
경매창에 걸린 초록을 노래한다

여긴 2만 5천 평 호두나무를 심자
경매창에 걸린 초록 꿈
TV 속 낯선 자급자족을
자기 삶처럼 돌려보는 남자

나는 택지조성 묘목 값 숫자를 세며
현실을 읽는다

난 자유를 사려는 거야
걱정을 왜 해?

자연을 사는 법을 가르친다는 그 남자
욕망이 다한 자리에
사라진 꿈 묻으려 한다

그는
늦게 도착한 처음이다

한 계절을 보내면서

계절의 책장은 바람결에
한 장씩 흩어진다

지나온 날들의 껍질은 아직
숨결처럼 남아 있다

낡은 모서리마다
첫 새벽의 빛이 번져 온다

이제는 별빛 속에서
그리움과 내일이
함께 숨 쉬고 있다

사랑의 번역

새벽시장
붉은 심장 하나를
바구니에 담는다

돌돌 달린 김밥의 깃발
부침개의 노을빛 향기
초록 잎사귀와 붉은 빛깔들
작은 흙의 숨결 한 줌까지
입맛을 거부하던 푸른 잎마저
오늘은 사랑의 번역이 되어 담긴다

구둣발 자국마다
울리는 북소리
메아리치는 구호와
하늘을 찢는 함성

51사단
철의 리듬 속에 선 아들
행군의 먼지를 털며
느릿하게
시간의 그늘로 들어선다

아이의 입 안에
따뜻한 밥 한술이 머무는 것

그것이 한 권의
이름 없는 책

오직
사랑 하나로 씌어진 책

격식

스스로를 단단히 조이며
가면을 덧입는다

옷자락마다 숨결이 눌리고
발끝마다 머뭇거림이 쌓인다

저편 어둠 속
아직 벗어던지지 못한
이름의 떨림

오늘을 겹겹이 감싼
존재의 껍질

길섶의 연주

당신이 길 떠나고 나니
봄빛은 꺼지고
나의 하루는
저무는 가을에 갇힌다

흩어진 낙엽 사이로
숨은 울음이 바스락거린다

신이 나를 버린다 해도
몸에 스민 이 울음만은
돌 틈에 깊이 묻어 두었더니

까앙, 까앙

울음은
세월 위로 번져가 뿌리내리고
계절마다 새잎으로
다시 돋아났다

노을빛에 젖어 흐르는
이름 없는 음악처럼

그해 여름은 뜨거웠다

창가의 선풍기는
헐떡이며 제 어깨를 부채질했다
지쳐 흔들리는 회색 날개 위로
마른 숨결이 타올랐다

철제 몸체는 달아올라
울부짖듯 떨렸고
날개 끝마다
열기와 먼지가
켜켜이 엉겨붙었다

낡은 날개 살 사이로
희미한 바람이 새어 나와
방 안을 가르다 이내
그 바람마저 달궈져
시큼한 땀 냄새와 뒤엉켰다

우리는 숨을 죽인 채
허공에 매달린
기계의 울음을 들었다

밤이 깊어도
멎지 않는 그 비명 속에서
붉게 달아오른 방 안으로
여름은 더 깊숙이 눌러앉았다

같은 물을 마신다

56

물빛 속
악어와 하마는
나란히 같은 강을 마신다

이빨과 이빨 사이
침묵의 질서가 흐르고
눈빛이 스쳐도
물살은 아무 일 없었다는 듯
다시 제 길을 간다

이것이 동물의 세계
적당한 거리와
본능으로 지켜낸
공존의 균형

물 밖의 우리는
말이 많아질수록
상처의 골은 깊어지고
가까이 다가설수록
더 쉽게 무너진다

혀는 칼보다 날카롭고
눈빛은 번개보다 잔혹해
동물보다 서툰 채로
같은 물을 마신다

남는 것은
씻기지 않는 파문
서로의 가슴으로
번져 간다

가을 페이지

가을엔 독서라지만
내게는
길 위가 더 잘 읽힌다

바람이 한 장을 넘기면
나뭇잎이 먼저 밑줄을 긋고
저 멀리 산의 문장들이
느린 숨으로 다가온다

조금 비켜선 길 위에서
볕의 가느다란 숨결이
걸음마다 잉크처럼 번져와
내 안의 적막한 페이지를
슬며시 밝혀 놓는다

비밀

꽃잎은
피어나는 순간부터
지고 있다

햇살에 몸을 내주고
바람에 흔들리며
제 살에 생채기를 낸다

고난 속에 태어난
단단한 한 알

어머니

이른 창가에
엷은 빛 한 줄기 스미면
어머니는
은빛 머리를 빗으신다

오래 닫아 두었던
마음의 문턱을
누군가
가볍게 딛고 선

볼 안쪽이
살짝 붉어지는 순간

어머니는
오래전 이승을 건너간
그이를 만날 수 있을까

꽃물 들이듯 환하게
단장하신다

어떤 순간

우연인 듯
필연처럼 찾아온 그날

이후의 나는 영영
예전으로 돌아갈 수 없었다

처음의 여자

애가
애를 낳아
나는 하루를 자꾸
손에서 떨어뜨리며 살았다

엄마도 처음
아내도 처음
살림도 서툴러

젖병을 물리다
밥을 태우고
울다 웃다
훌쩍, 하루가 갔다

모든 것이
몸에 맞지 않아
자꾸만 겉돌고
허물처럼 벗겨지던 날들

쉰을 훌쩍 넘겨버린
지금도 남편의 눈동자 속에는

그때의 여자다

아이를 안고 가는
서툰 팔로
겨우 세상을 버텨내던
처음의, 그 여자

기다림

내 마음 한편에
빈 의자 하나 놓아두었다

햇살이 기울고
바람이 스쳐 지나도
그 자리는 비워둔 채
눈길만 고이 고여 있다

기척 없는 발자국 소리
뒤늦게 터지는 꽃봉오리처럼
마음은 끝내 열리지 못하고

끝없는 기다림은
기도를 닮아
하늘을 오래 바라보게 한다

언젠가
그 빈자리에 앉을 당신을

빛을 찾아서

비에 젖은 날은
빛이 더 짙었고
주름마다
지워지지 않는 시간이 고인다

울음이 지나간 자리마다
남겨진 습기를 머금고
느리게
무지개가 일어선다

쓰러진 적은 있어도
멈춘 적은 없으니
굴곡진 그대로가
나의 얼굴이다

가을 한 장

빨강
노랑
초록 한 점

떨어지는 것은
빛일까
계절일까

제 곁을 다 쓴 가을
바람 속으로 스며든다

아침

어디선가
밤의 찬 그늘을 털어낸
새 한 마리

날개를 여는 순간
빛은
마음 깊은 결을 흔들며 온다

말보다 먼저 스며든 빛
굳어 있던 주름
한 가닥씩 펴낼 때

아침은 비로소
첫 꽃잎처럼
연한 속살을 열어 놓는다

머물러 있는 것들

이름조차 부르지 못한 순간들이
저녁 빛처럼 스러진다

붙들려던 것들은
늘 손가락 결을 비집고 흩어지고
한때 품었던 온기는
바람의 등 쪽에서 조용히 사라진다

해가 기울면
반짝이던 것들마저
그늘 한 조각을 끌어안고
저마다 늙어가는 소리를 낸다

시간은
말없이 등을 밀어
자꾸만 앞쪽으로 데려가는데
뒤에 남겨진 마음들은
오랫동안 제자리에서 떨고 있다

삶은
붙잡으려 하면 멀어지고

놓아주면 되돌아오는
기이한 파동의 얼굴을 하고 있어

수많은 것들이 스쳐간 자리에서
끝내
단 하나를 남긴다

흘러간 모든 날들의 틈에서
내가 할 수 있는 단 한 가지
너라는 이름
그 마음 하나를
다시 바라보는 일이다

나무의 편지

흔들릴 때마다
나이테 한 줄이 울고
기다림이 길어질수록
뿌리는 더 깊어진다

말 한마디 없어도
그대 그림자 스치면
나는 다시 자란다

3부

붙잡지 않는 날

눈을 뜨면
어제의 무게가
묻어 있는 날도 있고
아무렇지 않은 날도 있다

오늘은
몸이 먼저 일어난다

물 한 컵을 마시고
창문을 열고
별일 없는 얼굴로
하루를 맞는다

해야 할 일들은 그대로인데
나를 끌어당기지 않는다

조금 늦어도
완벽하지 않아도
괜찮은 시간

말을 줄이고

설명을 거두니 비로소
마음이 가벼워진다

잘 보이려는 힘도
증명하려는 마음도
잠시 내려놓는다

오늘의 나는
큰 의미를
갖지 않아도 되는 존재
조용히 흘러가도
괜찮은 사람

가벼워진다는 건
사라지는 게 아니라
붙잡지 않는다는 것

오늘은 아무것도
되지 않아도 좋은 날

이 계절이 너라서

이 계절이
바람 한 줄기에도
괜히 눈이 부시고

햇빛이
손등에 닿기만 해도
너의 생각이
먼저 피어난다

낙엽이 떨어지면
흩어지는 색깔마다
너의 미소가 배어 있고
어둑한 저녁이 오면
고요한 틈새마다
너의 이름이
가장 먼저 스며든다

이 계절이 너라서
너의 하루를
조금 더 천천히
조금 더 따뜻하게 산다

계절 한 장이
너의 얼굴처럼
조용히 다가오는 것

그것만으로도
나의 삶은
참 부드러워진다

일 년에 한 번만 보자

달력이
한 장 넘어갈 때마다
너는
봉투 없는 우편물처럼
서랍 깊숙이 놓이고

자주 마주치던 얼굴은
컵 가장자리부터 얇아지는데
어쩌다 남은 표정만이
물의 온도를 오래 품는다

우리는
계절을 핑계로
서로를 풀어두고
충분히 낯설어질 만큼만
각자의 생을 살아온다

다시 만나는 날
안부는 접어 두고
컵 위의 김이
먼저 사라질 때까지

서로의 얼굴을
잠시
식힌다

헤어질 때
달력은 펼치지 않기로 한다

문고리의 온기만
손바닥에 쥔 채
일 년에 한 번만 보자

늦게 온 겨울

결혼하고 삼십여 년
겨울은 늘 어머니의
김치통에서 시작됐다

겨우 한 포기 때문에
우리는
해마다 전쟁을 치렀다

엄마, 그만 담아요
가는 길에 터져요
냄새나요

나는 서둘러 김치통을 열고
기어이 한 포기를 덜어냈다

돌아오는 차 안은 여전히
붉은 냄새로 가득했고
나는 또
목소리를 높였다

엄마는 참

덜어낸 걸 왜
또 넣으셨을까

이해할 수 없는 김치통을
나는 한참이나
노려보곤 했다

그땐 몰랐다
겨울의 방향이
바뀌는 날이 올 줄은

어머니는 뚜껑을 열어둔 채
한참 서 있었다

김치통은
눈에 띄게 무거워졌고
이걸 어디에 두더라
손은 포기 사이에서
자주 길을 잃었고
눈가엔
늦은 시간만 고였다

끝내
고치지 못한
사랑의 방향이었다

성장통

아픈 만큼
조용히
자란다

부서진 틈새마다
새 빛이
서둘러 차오른다

그래도 살겠지

오늘이
조금 무겁고
숨이 어딘가 걸린 듯 아파도
마음은
기웃거리다 돌아서도
끝내 다시 빛을 찾아내는
묘한 힘이 있지

손에 쥔 것이
하나도 없어 보이는 날에도
창가에 기대면
어디선가 작은 바람이
먼저 말을 걸어오고

그 바람 따라
내 안의 오래된 등불이
또다시
작게 살아난다

그래도
살겠지

누군가의 미소 하나
따뜻한 밥 한 숟갈
나의 이름 부르는
목소리 한 줄기면

이 마음 다시
조용히
일어서니까

이미 점유된 세계

나는 늘
혼자인 줄 알았다

그러나 발밑에는
이미 길이 있었고
길가에는 누군가의
숨이 먼저 앉아 있었다

문을 열기 전에도
방은
나를 기다리지 않았다
이미
살림의 손때가 묻어 있었고
말의 온기가 낮게
머물러 있었다

나는
태어난 것이 아니라
그저 들어온 것

홀로 숨 쉬는 줄 알았으나

숨은 늘
누군가의 숨과
겹쳐 있었다

말을 아껴도
침묵이
서로를 건너가고

외로움이 사무칠 때조차
그것은
누군가에게서
옮아온 감각이었다

그래서 나는
여기 있다

혼자가 아니라
세계라는 집 안에서
서로의 자리만큼
기꺼이 비켜서며

그렇게 함께
존재한다

경포대

멀리 가지 않아도
바다는
여기 있다

발을 멈추니
파도가 먼저 오고
사진은 찍지 않은 채
바람만
주머니에 넣는다

서두르지 않는
경포대의 오후

나도
걷는 법을 잊는다

돌아오는 길
아무 일 없었다는 듯
하루가
곱게 접힌다

달빛이 스며드는 순간

내가 너로 물들고
네가 나의 안으로 들어오면
빛 한 조각만 스쳐도
가슴 언저리부터 흔들릴 거야

말하지 않아도
살며시 번지는 온기 하나
잎맥 따라 흐르는
미세한 바람의 결로 느낄 수 있어

네가 내가 되고
내가 너가 된 그 자리엔
닿지 않는 손끝의 온도마저
작은 파문으로 소리 없이
번져올 거야

어둑한 길 위로
너의 그림자 길게 드리우면
나도 모르게 마음속 어디선가
마중 나가는 불빛이 하나 켜진다

나는 너의 고요 아래 숨은
미세한 떨림이 되고
너는 나의 안에 지지 않는
잔광이 되어
밤의 숨결 사이로
깊이 스며든다

벽

바람은
닫힌 창을 밀다 되돌아온다
아무리 몸을 부딪쳐도
틈 하나 허락하지 않는 완고함
가슴 속 묶인 매듭만
스스로를 조여맬 뿐이다

빛은
커튼 틈에도 스며들지 못한다
두꺼운 벽에 갇힌 비명은
메아리로 흩어진다

소리는
끝내 길을 잃고
허공을 떠돌다
다시 나에게 돌아올 뿐이다

시간도
벽시계의 초침에 걸려
제자리걸음 끝에
굳어 버린 오후

가느다란 숨결 하나
잃어버린 목소리를 찾아
어둠의 모서리를 더듬고 있다

피어나는 꽃

당신아
그 한마디가
새벽의 첫 빛처럼
내 마음을 열어젖힌다

바람도 잠시 멈추고
꽃잎은 고개 들어
햇살을 머금는 시간

당신아
그 부름 하나로 나는
이미 행복하다

세상의 무게를
내려놓은 자리마다
다시 차오르는
작은 꽃잎 하나

푸른 강줄기

불타는 모래 위에
홀로 서서
태양의 화살을
온몸으로 받는 기둥

바람이 수천 번
모래알을 옮겨도
제 궤도를 단단히 움켜쥔 채
침묵의 별빛을 닮아 간다

물 한 방울
허락되지 않는 계절에도
심장 깊숙이 갈무리한
푸른 강줄기 하나

밤이면 달빛이 내려와
그 가시 끝마다
은빛 눈물을 매달고

새벽이면
꽃송이처럼 터져 나와
사막의 정적을 흔든다

합창의 집

햇살 조각을 주워
고양이는 그림자를 접고
창틀 위에 살포시
자신을 건다

강아지는 꼬리를 풀어
바람처럼 골목 끝까지
바람을 밀고 나간다

하품 고요와
폭죽의 들뜸
두 생이 나란히 놓인 풍경은
서로 다른 시의 행간

멀찍이 앉아
잔잔한 눈빛과
쿵쾅거리는 심장을
번갈아 듣는 오후

한쪽은 낮의 실을 고르고
한쪽은 밤의 북을 두드린다

집은
고양이의 정적과
강아지의 소란이
서로의 빈칸을 채우며
완성되는 합창

오늘도 묘하게
기울지 않는 균형이다

그날의 봄

꽃잎 한 장이
나의 가지 끝을 스친다

바람은 말이 없고
햇살만 오래 머무는데

빈 그늘 위로
미소처럼 흩어진 발자국들
웃음의 끝자락마다
작은 울음 하나 숨어 있다

그날, 나는
봄을
한 번 더 보낸다

빙어

묻고 싶다
너는 왜
빙어냐

사람은
달에도 가는데

너는 물속
차가운 물 속에서
이 겨울을
오롯이 다 쏜다

작아서 눈부신
온전한 한 생애

관계

우리는
마주 서기보다 언제나
그 사이에 머물렀다

말은 너에게 닿기도 전
몇 번이고 되돌아왔으나
침묵만은 기어이
끝까지 갔다

가까워질수록
그림자가 먼저 부딪혀
서로의 발등 위에
멍으로 남았다

사랑이란
붙잡는 일이 아니라
놓치지 않으려
끝까지 쥐고 있었던
어떤 거리였다

그리하여 우리는

헤어지지 않았고
다만 서로를
닿지 않는 소실점에
남겨두기로 했다

관계는, 모든 것이
지나간 뒤에야 비로소
제 이름을 얻는다

묵묵한 그늘

끝내 다가서지 못해도
늘 그 자리를 지키는 일

바람에 흔들려도
결코 꺾이지 않을
마음 하나

너의 하루 어느 길목에
나를 닮은 그늘 하나
그저 묵묵히
드리울 수 있다면

이탈해도 괜찮다

길을 잃어도
꿈은 그곳에서 기다린다

궤도를 벗어난 우주선도
끝내 달에 닿았으니
두려워 마라

당신 안의 나침반은
늘 꿈을 향해 떨고 있다

우회로 끝에서
더 깊고 단단한 자리에
당신은 마침내
닿게 될 것이다

남겨진 것

밤이 깊어
불을 먼저 끄고 누웠다

울리지 않을 구석으로
휴대폰을 밀어 두고
천장을 본다

하루쯤
먼저 잠들어도
괜찮을까

낮에 흘린 서툰 말들이
어둠 속에 고여
지우지 못한 문장 하나가
끝내 잠을 깨운다

그래도 아침이 오면
아무 일 없다는 표정으로
마주앉은 탁자 위
따뜻한 컵을 건넨다

사랑이 그런 것이라면
끝까지, 함께
앉아 있는 일

사는 것

행복은
현관 앞의 신발처럼
놓여 있었다

유난히 반짝이지도
값비싼 리본이 달리지도 않은
그저
좋아하는 친구와
찻잔 너머로 나누는 웃음의 온기
불판 위 지글거리는 고기 냄새

깊은 밤
그저 담백한 시간

뒤척임 없는 밤과
마음 위 돌멩이
하나 없는 아침

문을 열면
다시 이어지는 하루
그 평범이 사실은

가장 빛나는 보석이었다

우리는
거창한 기적 속이 아니라
고요한 숨결과
익숙한 리듬 사이에서
살아낸 하루를
선물처럼 받으며 산다

4부

메뉴판

아침엔
갓 구운 빵처럼 부풀어 오른 말
모락모락 피어나는
커피 김 사이로
희망이라는 허기를
먼저 채워 줄 사람

점심엔
반찬 가짓수만큼 쏟아지는 소란들
수다라는 소금에 툭툭 버무려져
싱거운 일상의 간을 맞춰 줄 사람

저녁엔
오래 묵은 포도주처럼 농익은 눈빛
사랑이라는 와인에 취해
고독의 알코올 도수를 낮춰 줄 사람

인생이란 결국
세 끼의 끼니보다
세 번의 만남으로 버티는 것

사랑도 철학도
결국은 가까이 마주앉아
함께 먹고 마시는 일

세월

나이 든다는 것은
세상과의 거리를 맞추려
풍경마다 다른 안경을
꺼내 드는 일

희미해진 글자를
또렷이 붙잡으려는 눈처럼
보이지 않던 진실도
서서히 선명해진다

다짐이 많아질수록
짐은 늘어고
마음의 약속들은
등에 메는 그림자처럼 무겁다

그러나
그 무게는 우리를 구부리면서도
끝내
살아 있음의 증거를 남긴다

늙는다는 것은

안경의 수만큼 시야를 바꾸고
짐의 무게만큼 삶을 느끼며
그렇게 서서히 스스로에게
가까워지는 길

침묵이 벗겨진 자리

건물도 오래
의자드 오래
사람도 오래

나는
시간 앞에
잠시 서 있다

벗겨진 벽지 너머
말은 잘 들리지 않고
그는 고개를 끄덕이며
같은 말을 되풀이한다

나는
웃지 않는다

역사는 남고
고집은 제자리에 있다

시대는
이미 지나갔는데

그는 여전히
그 자리에 있다

호스피스 병동

어머니는
야윈 손바닥으로
나의 얼굴을
가만히 빗으셨다

"누구 거야?"
"형서비"

짧은 숨 한 줄기에
한 생의 품이 실려 있었다

"누굴 그리 많이 먹여 키우셨나"

형서비
형진이
형민이
영옥이……

이름들은
어머니의 품속에서
별처럼 커지며

당신의 하늘이 되었다

깊은 밤

"형서비, 엄마 아픈데
왜 기도 안 하나"
그 나지막한 문장이
가슴을 지나 뼈에 사무쳐 왔다

이별은 이미
문턱을 넘어서고
나는 너무 늦게
어머니의
마른 다리를 주무른다

나무의 뿌리가
아무 소리 없이
땅속으로 스며들듯
어머니의 생애도 말없이
내 안으로 저물어갔다

긴 고통의 끝자락
마침표처럼 남겨진
한마디

빛의 주름

여백이 두터워질수록
감춘 선은 흐릿해진다

옷은 몸의 비밀을
천의 주름 속에 접어 넣고
얼굴은 색채의 장막 뒤에서
낯선 표정을 빌려 온다

마음은 말의 실을 뽑아
벌어진 틈을 꿰매려 하지만
길어진 문장마다
비밀의 그림자가
줄지어 따라붙는다

숨김이란
빛을 피하려다 끝내
빛의 형상을 닮아가는 일

나비의 일

잠깐
눈을 감았을 뿐인데

나는 나비였다

꽃잎 위 바람이
내 이름인 줄 알고
가만히 흔들렸다

눈을 뜨니
방 안에
날개가 없었다

나는 다시
몸이 되었다

어느 쪽이 꿈인지
끝내 알 수 없어서

오늘도
정답 대신
날개를 생각한다

가벼움과 무게 사이

심장은
울음과 웃음의 균형추 위에서
저울처럼 흔들리며
조금씩 단단해진다

가끔은 훌쩍훌쩍
가끔은 피식피식

눈물의 무게와
웃음의 가벼움이
번갈아 마음을 흔들 때
나는 알았다

그 진동 속에서만
삶은 넘어지지 않고
끝내 앞으로 나아간다는 것을

돌아올 길이 없어서

말을
아껴 두었다

부르지 않아도
너는 늘
거기 있었다

바다는
오늘도
낮게 숨 쉬고

나는
무심히 지나치듯
곁에 앉았다

손이
닿지 않아도

마음은 이미
돌아올 길을
잃은 채

다 건너와 있었다

이름표 없는 계절

꽃잎 하나가
어깨에 닿는다

발길을 멈추고
뒤를 돌아본다

누구인가
이 넓은 계절 속에서
단 한 장으로
나를 멈춰 세운 것

수없이 스쳐간
기척들 사이에서
예고도 없이
한 번의 침묵으로
내 숨의 과녁을 정확히 짚어낸
침묵

바람도 이유를 묻지 않고
꽃잎은 설명을 남기지 않는다

다만
지나가던 시간의 결 하나가
어깨 위에 내려앉아

나는
다시 걷지 못하고
잠시
머무는 사람이 된다

이 많은 날들 중에서
왜 하필 이 순간이었는지
묻지 않기로 한다

여자

124

어머니의 예순을 보며
생각했었다
저 나이엔 무엇이
아직 남아 있을까

여자도 아니고
이름도 잃은 채
누구의 어머니라는
마른 호칭만 남았으리라

내 나이 이제 예순
여전히 숨은
자주 헝클어지고

가슴은 툭
가라앉았다가도
다시금 쿵
뜨겁게 뛴다

자리

뒤집어 보았다
세상을

바닥이
하늘이 되고
하늘이
바닥이 되었지만

슬픔은
자리를 옮기지 않았다

우울은
방향이 없으니까

다시
세상을 놓는다

뒤집힌 건
세상이 아니라
나였다

빛이 먼저 웃을 때

그때 나는 왜
그렇게
잘 웃었을까

해가 기우는 줄도 모르고
길가 감나무 아래
서성이다

치마 끝에 묻은
저녁빛을 톡톡
손으로 털어내던

사랑이 아니어도
자꾸만 발그레해지던 얼굴

아무도
나를 부르지 않았는데
연신 뒤돌아보던 마음

이제는
말없이 지나가는

계절 앞에서 나는
아주 오래
서 있다

열린 문에 앉다

이유 없이도
오늘은 내가
나에게 돌아온다

부르지 않아도
문은 열려 있었고

비워 둔 자리에는
의자 하나
놓여 있다

앉아 있는 동안
하루는
말을 아끼고

남은 것은
숨 하나
시간 하나

이유를 묻지 않고
지나온 것들을 슬며시

곁에 둔 채

오늘의 나는
그 자리에 머문다

불량연애

사랑을
제때 하지 못한다

좋아하면서도
좋다고 말하지 못하고
싫어하면서도 끝내
떠나지 못한다

마음은 늘
눅눅한 뒷골목에 머물고

약속보다
침묵이 길어질 때
미안함은
입안에 고여 끝내
전해지지 않는다

그래도 우리는
이것을
사랑이라 부른다

상처를
주고받고 난 뒤에야
우리는 서로의
날카로운 모서리에
겨우 맞닿아 있었다

저녁 무렵

진실만으로
하루는
쉽게 건너지지 않는다

밥을 안치고
컵을 씻고
창을 닦다가
문득
손길이 멈춘다

바다는
늘 같은 물이지만
빛이 닿는 곳마다
제 몸을 바꾼다

한 장면
주머니에 슬쩍 넣고
다시 일상으로 돌아간다

살아간다는 건
고개를 들어

지나가는 것들을
무심히 바라보는 일

하루는 그렇게
기울어 간다

부사

나는
부사가 좋다

아주
매우
참

말의 곁에
조용히 붙어
세상을 조금만
기울여 놓는 것

앞서지 않고
붙잡지 않는다

그저
옆에 서서
마음이
마음이 되게 한다

부사는

설명하지 않는다

다만
거기 있었다고
말해줄 뿐

오늘

아침은
아무 말도 하지 않는다

어제는
말을 다 써버린 채
문턱에
덩그러니 남아 있다

창문을 여는 건
빛일 뿐
나가야 할 이유는
아니다

말이 없으니
핑계도 없고
다짐도 없다

그래서
하루는
조금 밀려도 되고
때로는 기울어도 된다

아침이
아무 말 없이
등을 대고 서 있으니

나는
그 무거움에 기대어
오늘을
조금 더
믿어 보기로 한다

아침은 늘 오기에

기쁨은
큰 소리로 오지 않았다

살다 보니 괜찮은 날이
하루쯤 있었고
그 하루가 생각보다
오래 남았다

사랑이
전부는 아니었지만
따뜻했던 손 하나는
기억한다

희망이라 부르지 않아도
아침은 늘 오기에
나는 오늘도
살아 있는 쪽을 택한다

그럼에도 이만하면
충분히 밝다

꽃

우리는 꽃이다

나란히 놓인
신발 두 켤레와
아직 마르지 않은
발자국 위에

그러니 우리
서로를 밟지는 말자

우리는 모두
피어나는 중이니까

빈자리

남산에 올랐을 때
불빛들은 성냥개비처럼 하나둘 타올라
도시는 거대한 성냥갑이 되었다
그러나 그 속에
내 몫의 불씨는 없었다

나는 오래도록
타인의 빛을 질투하듯 훔쳐보았다

일곱 해 뒤
겨우 15평의 불빛을 얻었고
32평, 48평으로
영토를 넓혀 갔다

그러나 마음의 평수는
여전히 허공에 매달린 채
남산에 올라
타인의 빛을 쫓으며 아직
제자리를 찾지 못하고 있다

해설

체험과 성찰이 빚어낸
절제의 언어

―이시후 시인의 첫 시집
『당신을 만나고 나서야 말을 배웠다』에 붙여

김부조(시인 · 칼럼니스트)

삶을 통과한 언어의 탄생

먼저 첫 시집『당신을 만나고 나서야 말을 배웠다』를 펴낸 이시후 시인에게 축하의 인사를 전한다. 필자의 경험에 비추어 볼 때, 한 권의 시집을 엮어 내는 일은 오랜 시간 축적된 사유와 언어를 스스로에게 되묻는 고통스러운 과정이다. 그러한 내적 노동을 견뎌낸 끝에 탄생했다는 점에서, 이 시집은 그 자체로도 충분한 의미를 지닌다.

이시후 시인은 학창시절부터 시인을 꿈꾸었으나, 성인이 되어 출가한 뒤 가정이라는 삶의 현장에서 엄마이자 아내로 살며, 사회활동을 병행해 왔다. 그러나 돌봄과 책임이 일상을 채우는 동안, 개인으로서의 자아와 언어는 자연스럽게 뒤편으로 물러나 있었다. 하지만 그는 그 경계를 스스로 허물고 다시 배움의 길로 들어섰다. 이시후 시인에게 배움이란 단순한 지적 설렘이 아니라, 삶을 통과해 온 주체가 자신에게 던지는 성찰적 질문에 가까웠다. 이러한 문제의식은 그의 시적 태도를 형성하는 중요한 기반이 되었다.

삶의 과정에서 마주한 사회적 현장과 봉사의 자리에서 곧바로 발화되지 못한 감정과 인식은, 시간을 건너 시로 형상화되었다. 그의 시에는 삶의 국면마다 길어 올린 사유와 고백이 차분하게 배어 있다. 이는 감정의 분출이나 과잉된 서정으로 나아가기보다는, 언어를 통해 스스로를 정돈하고 응시하려는 태도로 읽힌다. 그 결과, 이러한 사유와 고백은 '첫 시집'이라는 형태로 자리매김하게 되었다.

'첫'이라는 말이 지닌 신선함과 긴장은 문학에서도 각별하다. 첫 시집은 한 시인의 세계관과 언어감각, 그리고 앞으로의 방향성을 가늠하게 하는 출발점이기 때문이다. 이시후 시인의 첫 시집 또한 그런 의미에서, 시적 여정의 기원을 보여주는 중요한 지점에 놓여 있다.

지난해 가을 무렵, 해설을 의뢰받은 뒤 그동안 시인이 준비해 온 작품들을 읽으며 그의 내면을 조심스럽게 들여다보는 시간을 가졌다. 첫 시집에 수록될 작품들이었기에 완성도의 엄정한 평가보다는, 시적 태도와 문제의식, 그리고 언어의 결을 중심으로 살펴보고자 했다. 그렇게 한 편 한 편을 천천히 음미하는 과정에서, 그의 시 세계가 지닌 일관성은 차츰 그 모습을 드러내기 시작했다.

이시후 시인의 시에는 삶을 부정하지 않으려는 윤리적 태도가 뚜렷하게 자리한다. 삶의 상처와 결핍을 부풀리거나 감상적으로 소비하지 않고, 그것을 있는 그대로 받아들이려는 절제된 시선이 돋보인다. 이러한 태도는 과거에 대한 집착이나 회한보다는, 이해와 용서, 그리고 사유를 통한 수용으로 나아간다. 이는 진리를 지향하는 시인의 내적 성향과도 맞닿아 있으며, 그의 시 전반에 안정된 정서를 부여한다.

또한 그의 시에는 전통적 미감에 가까운 차분함과 단정함이 배어 있다. 마치 도포나 치맛자락을 곱게 여미듯, 감정과 사유를 함부로 흩트리지 않고 차곡차곡 접어 두려는 시작(詩作) 태도가 시 전편에 일관되게 흐른다. 이러한 태도는 독자로 하여금 시를 읽는 과정 자체를 사유의 시간으로 이끈다.

이시후 시인의 시는 열려 있는 세계에 대한 탐구를, 삶과 생명에 대한 근원적 신뢰를 통해 드러낸다. 눈앞에 펼쳐진 현실 그 너머에서 보이지 않는 존재와 가치의 층위를 탐색하려는 시적 의지가 곳곳에서 감지된다. 시적 대상은 단순한 묘사의 대상이 아니라, 사유와 만남의 계기로 기능한다는 점에서 중요한 의미를 지닌다.

이처럼 이시후 시인의 시는 단순한 언어의 나열이 아니라, 대상과의 진지한 '만남'에서 출발한다. 그것이 자신의 내면이든, 자연과 생명에 대한 관찰이든, 그는 묵

상과 절제를 통해 시적 언어를 길어 올린다. 이제 그러한
체험과 성찰이 빚어낸 그의 시 세계 속으로, 천천히 들어
가 보고자 한다.

결혼하면 1촌?
촌수란
마치 족보 속 미로처럼
윗사람과 아랫사람을 부르며
인격의 평면을
층층이 찢어 놓는 말

아들의 말이
깨진 유리컵의 파편처럼 날아와
나의 이마에 박힌다

나는 한 사람의 인격체예요
번호표 달린 족보가 아니라
이름을 가진 존재란 말이에요

순간
나는 어리둥절한 웃음으로
나의 그림자를 본다

촌수란

피로 엮은 서열의 계산이 아니라
사랑으로 쌓은 거리의 비유였음을

새로운 서열
존중이라는 이름의
족보 첫 장이다

—「촌수의 반전」 전문

　　이 시에서 시인은 전통적 가족 질서, 특히 '촌수'라는 개념을 통해 굳어져 온 위계와 서열을 비판적으로 성찰한다. 촌수는 본디 혈연의 거리를 설명하는 중립적 도구지만, 화자의 인식 속에서는 인격을 서열화하고 인간을 번호로 환원하는 언어로 작동해 온 모양이다. 이 시는 바로 그 익숙한 개념이 아들의 한마디로 전복되는 순간을 포착하고 있다.

　　"촌수란/ 마치 족보 속 미로처럼/ 윗사람과 아랫사람을 부르며/ 인격의 평면을/ 층층이 찢어 놓는 말" 여기서 촌수는 단순한 친족 관계의 표시가 아니라, '미로'는 빠져나오기 힘든 관습을, '윗사람과 아랫사람'은 수직적 질서, 그리고 "인격의 평면을/ 층층이 찢어 놓는 말"은 인간의 동등성을 파괴하는 폭력적 개념으로 확장된다. 즉, 시인은 촌수를, 관계를 설명하는 말이 아니라 인간을 나누고 찢는 칼처럼 묘사하고 있다.

"아들의 말이/ 깨진 유리컵의 파편처럼 날아와/ 나의 이마에 박힌다" 아들의 말은 충격적 진실이다. '깨진 유리컵의 파편'이라는 표현은 날카로움, 고통, 그리고 피할 수 없는 상황을 상징한다. 이는 단순한 반항이나 불손함이 아니라, 시대가 바뀌었음을 알리는 통증인 것이다.

"나는 한 사람의 인격체예요/ 번호표 달린 족보가 아니라/ 이름을 가진 존재란 말이에요" 이 대목은 시의 핵심 선언이다. 아들은, 촌수라는 체계 앞에서 자기 존재를 방어하며, '번호표'와 '이름'을 대비시켜 제도 속 인간과 살아 있는 인격을 뚜렷이 구분한다.

"순간/ 나는 어리둥절한 웃음으로/ 나의 그림자를 본다" 여기서 화자는 아들의 말에 곧바로 반박하지 않는다. 대신 자기 자신을 바라본다. '그림자'는 무의식적으로 답습해 온 가치, 권위의 자리에 서 있던 자신의 모습을 뜻하며, 웃음은 방어가 아닌 당혹과 인정의 표정이다.

"촌수란/ 피로 엮은 서열의 계산이 아니라/ 사랑으로 쌓은 거리의 비유였음을" 이 부분에서는 시의 제목처럼 '반전'이 일어난다. 촌수는 더 이상 지배와 복종의 계산법이 아니라, 얼마나 사랑으로 가까워졌는가를 재는 거리로 재해석된다. 새로운 서열, 존중이라는 이름의 족보 첫 장이다. '서열'이라는 단어를 완전히 폐기하지 않고, 그 자리에 '존중'을 올려놓는 점이 인상적이다. 이는 파괴가 아닌 갱신이며, 이 시는 새로운 가족 윤리의 선언문처럼 읽힌다.

「촌수의 반전」은 전통과 현대, 혈연과 인격, 그리고 권위와 존중이 충돌하는 지점을 일상적 대화 속에서 포착한 작품이다. 특히 아들의 목소리를 통해 변화의 윤리를 제시하면서도, 화자는 방어적이지 않고 성찰적인 태도를 유지한다.

그대 울다 지치면
대신 울음이 터져 나오는
나는 곡비

그대 고통이 목까지 차올라
숨이 막힐 때
그 슬픔 빠져나갈
창 하나 열리길 바라는
눈물의 대리인

오랫동안 나는 돌부리에 부딪혀
상처를 안고 흐르는 강물이었다

그 눈물의 심장은
나를 향해 뛰고 있다는 것을
이제야 알았다

살아 있어도 죽지 못하는
격렬한 울음 뒤에는

　　힘겹게 두 손 움켜진

　　기도가 있다

—「눈물의 대리인」 전문

　「눈물의 대리인」은 타인의 고통과 슬픔을 대신 감당하는 존재, 즉 '곡비(哭婢)'이자 '눈물의 대리인'이라는 화자를 설정함으로써, 연대와 공감의 윤리를 깊이 있게 탐색한다. 화자는 단순히 함께 우는 사람이 아니라, 타인이 울 수 없을 때 대신 울어 주는 존재로서 자리한다. 이는 슬픔의 떠넘김이 아니라, 슬픔이 숨 쉴 수 있도록 출구를 열어 주는 역할이다.

　시의 전반부에서 화자는 "그대 울다 지치면/ 대신 울음이 터져 나오는/ 나는 곡비"라고 자신을 규정한다. 여기서 '곡비'는 장례의 관습적 존재를 넘어, 현대적 고통의 대리자로 넓혀진다. 타인의 슬픔이 목까지 차올라 숨이 막힐 때, 화자는 '창 하나 열리길 바라는' 존재가 된다. 이 '창'은 눈물이 빠져나가는 통로이자, 고통이 질식으로 변하지 않게 하는 생존의 틈이다.

　중반부의 '오랫동안 나는 돌부리에 부딪혀/ 상처를 안고 흐르는 강물이었다'라는 진술은 화자 자신 또한 고통의 이력을 지닌 존재임을 드러낸다. 이 시에서 연대는 어느 한쪽만의 희생이 아니라, 상처 입은 자가 다른 상처를 알아보는 과정이다. 강물의 이미지는 고통을 품은 채 흐르며 닳아온 시간성과 인내를 상징한다.

후반부에서 "그 눈물의 심장은/ 나를 향해 뛰고 있다는 것을/ 이제야 알았다"는 깨달음은, 타인의 슬픔을 받아내는 일이 곧 자기 존재의 소명임을 깨닫는 순간이다. 눈물은 흘러가 사라지는 것이 아니라, 심장을 가지고 화자를 향해 맥동한다. 이는 슬픔이 관계 속에서만 비로소 살아 움직인다는 인식을 보여준다.

마지막 연에서 "살아 있어도 죽지 못하는/ 격렬한 울음 뒤에는/ 힘겹게 두 손 움켜쥔/ 기도가 있다"는 진술은 이 시의 정서적 정점이다. 울음은 절망의 표출임과 동시에 기도의 다른 이름이다. 죽을 수 없기에 살아야 하는 존재의 울음, 그 절박함 속에서 움켜쥔 두 손은 신이나 타자, 혹은 삶 자체를 향한 마지막 의탁이다.

「눈물의 대리인」은 고통을 말하는 시가 아니라, 고통을 대신 울어 주는 시다. 이 작품에서 눈물은 약함의 표지(標識)가 아니라, 타인의 생을 지탱하는 윤리적 행위로 재정의 된다. 화자는 자신의 상처를 통해 타인의 상처로 건너가며, 슬픔을 개인의 문제가 아닌 공동의 호흡으로 끌어올린다.

특히 '곡비'라는 전통적 이미지를 현대적 정서로 소환해, 오늘날 숨죽인 고통과 억눌린 울음을 대변하는 장치로 삼은 점이 인상적이다. 이 시는 묻는다. 누군가 대신 울어 주지 않는다면, 우리는 과연 끝까지 살아낼 수 있는가. 그리고 조용히 답한다. 울음의 끝에는 언제나 기도가 있으며, 그 기도는 결국 사람을 향해 있다고.

　이 작품은 연민을 미화하지 않고, 슬픔의 무게를 정직하게 감당함으로써 '함께 울 수 있는 존재'의 존엄을 드러낸다. 그 점에서 「눈물의 대리인」은 애도의 시이자, 깊은 연대의 선언이라 할 수 있다.

당신의 말은
끝내 번역되지 않는다
식탁 위 말들은 사라지고
숟가락 부딪히는 소리만 남는다

당신의 문장은 별나라 언어
나는 당신의
단어 사이 공백을 더듬고
당신은 창밖을 보며 한숨을 쉬고

말이 통하지 않는
우리는 이방인

채 익혀지지 않은 언어는
질기고 끈질기다

—「부부」 전문

이 시는 부부라는 가장 가까운 관계를 '언어의 실패'로 형상화한 작품으로 읽힌다. 일상적 장면과 언어적 은유가 적절히 결합되어, 소통의 단절과 정서적 거리감을, 담담하지만 날카롭게 드러낸다.

이 시의 화자는 함께 식탁에 앉아 있지만 서로의 말을 이해하지 못하는 부부 가운데 한 사람이다. "당신의 말은/ 끝내 번역되지 않는다"라는 첫 연은, 부부 사이의 대화가 단순한 오해의 문제가 아니라 본질적으로 해독되지 않는 상태에 이르렀음을 선언한다. 화자는 이해하려 애쓰지만, 그 노력은 끝내 실패로 귀결된다.

여기서 '번역'은 의지와 노력이 개입된 이해 행위를 뜻하는 것으로 보인다. 그 말이 '끝내 번역되지 않는다'는 것은, '이해하려는 노력조차 더 이상 작동하지 않는 관계'의 피로를 암시한다. 식탁은 부부의 일상과 공동생활의 상징이지만, "식탁 위 말들은 사라지고/ 숟가락 부딪히는 소리만 남는다"에서 의미 있는 대화는 지워지고, 반복되는 생활 소음만 남은 관계가 드러난다. 숟가락 소리는 침묵을 대신하는 무의미한 리듬이다.

'당신의 문장은 별나라 언어'라는 표현은 과장된 은유를 통해 정서적 거리감과 타자화를 극대화한다. 가장 가까운 사람이 오히려 가장 먼 존재가 되는 역설이 여기서 형성된다. 또한 '단어 사이 공백을 더듬고'는 말보다 말하지 않은 것, 감춰진 감정에 기대어 이해하려는 마지막 시도다. 그러나 그 더듬거림은 불안하고 불완전하다.

다음으로 "당신은 창밖을 보며 한숨을 쉬고"는 대화

거부, 시선의 이탈, 그리고 관계로부터의 이탈을 상징한다. 또한 "말이 통하지 않는/ 우리는 이방인"은 시 전체를 관통하는 정서적 결론이다. 부부라는 제도적·사회적 친밀성에도 불구하고 언어가 닿지 않는 순간, 인간은 서로에게 타자가 된다. 쉼표는 그 사실을 받아들이는 체념의 호흡처럼 읽힌다.

결말 부분의 "채 익혀지지 않은 언어는/ 질기고 끈질기다"에서 '익혀지지 않은 언어'는 서로에게 맞춰지지 못한 말투와 감정 표현, 삶의 방식을 그려 내고 있다. 그리고 '질기고 끈질기다'는 표현은, 쉽게 사라지지 않는 불화와 오해의 지속성을 말한다. 동시에 이는 부부 관계가 지닌 쉽게 끊어지지도 않는 운명성을 은근히 품고 있다.

새벽 물기가 채 가시지 않은
푸른 상추가 접시에 올라온다
도마 위로 흩어진
마늘 향기
칼끝에서 번진 달빛처럼 퍼지고
은그릇 속 고인 국물에는
구름 한 조각 스며들어
피어오른 김이
집 안 가득 숨결을 채운다

바스락거리는 마른 김

검은 바다를 접어 온 듯 펼쳐지면
고슬한 흰 쌀밥 위로
햇살이 수북이 담겨
숨 쉬듯 뜨거운 빛을 내뿜는다

숟가락들이 부딪히며
작은 은하처럼 반짝이는 시간
밥상은 오늘 하루를 지탱하는
무성한 숲이 된다

그리고
아직 쓰이지 않은
하루가 열린다

—「밥상을 차린다」 전문

「밥상을 차린다」에서 화자는 '밥상을 차리는' 일상의 주체다. 그러나 단순한 가사 노동의 주체가 아니라, 밥상을 통해 하루를 여는 창조자에 가깝다. 새벽의 시간대, 아직 하루가 본격적으로 시작되기 전의 고요한 순간에서 시는 출발하며, 밥상은 생존의 장치가 아니라 세계의 축소판으로 확장된다.

'푸른 상추', '도마 위로 흩어진 마늘 향기'는 시각과 후각을 동시에 자극한다. '칼끝에서 번진 달빛처럼'이라는 비유는 칼질이라는 현실적 행위를 환상적 이미지로 변환하며, 부엌을 하나의 시적 공간으로 끌어올린다. 특히 "은그릇 속 고인 국물에는/ 구름 한 조각 스며들어'부터 "숟가락들이 부딪히며/ 작은 은하처럼 반짝이는 시간"으로 이어지는 구간은, 밥상이 곧 우주적 질서와 호흡하는 장소임을 암시한다. 이때 밥상은 가정의 테이블을 넘어, 삶 전체를 떠받치는 중심축이 된다.

그리고 "밥상은 오늘 하루를 지탱하는/ 무성한 숲이 된다" 이 구절에서 시인은, 밥상을 단순한 식사가 아니라, 삶을 보호하고 길러내는 생태계로 상징했다. 즉, 숲은 쉼과 생명, 지속의 은유이며, 하루를 견디게 하는 근원적 힘임을 강조하고 있다.

또한 이 시에서 '바스락거리는 마른 김'과 '고슬한 흰쌀밥'은 검은색과 흰색, 바다와 땅, 그리고 마른 것과 뜨거운 것을 대비시키며 한국적 식탁의 정서를 깊이 있게 환기한다. 이는 삶의 결을 이루는 다양한 상태와 조화를 상징하기도 한다.

이 시는 일상의 가장 평범한 장면인 '밥상 차리기'를 통해, 삶의 시작과 노동의 존엄을 섬세하게 길어 올린다. 작은 사물들이 빛과 숲, 그리고 은하로 확장되는 과정 속에서, 독자들은 깨닫게 될 것이다. 하루를 살아낸다는 것은 거창한 사건이 아니라, 한 끼의 밥을 정성껏 차리는 마음에서 시작된다는 것임을. 조용하지만 깊은 울림을 지닌, 삶을 긍정하는 서정시라 할 수 있다.

아침 햇살에
눈이 잠시 시려
건널목 앞에서 걸음을 멈춘다

초록 불을 그냥
흘려보낸 날도 있었고
빨간 불 아래
오래 서 있던 날도 있었다

어떤 노인
지팡이를 천천히 옮겨 놓았다가
다시 제자리로 돌려놓는 모습
멀리서 보인다

그 한 발 내딛는 일이
그리 어려울 것도 없을 텐데
이상하게
마음이 조용해졌다

밤마다 오래 켜져 있는
내 안의 신호등은
도무지 색이 바뀌지 않아
나는 여러 번
망설이기만 했다

노인은 초록불을
끝내 기다리지 못하고
빨간 불 아래서
조금씩 몸을 기울인다

아무도 보지 않는 줄 알았는지
바지춤에 손바닥을
조심스레 쓸어내리는데

그 손끝에서 떨어지지 못한
시간 한 조각이
슬며시 흔들린다
그 순간
나는 알았다

길을 건너는 일은 누구에게나
그림자처럼 지울 수 없는
숙제일 수도 있다는 것을

―「건널목의 노인」 전문

이 시는 관찰에서 시작해 자기 성찰로 깊어지는 구조를 지니고 있다. 화자는 건널목 앞에서 멈춘 '나'이며, 노인을 객관적으로 바라보다가 차츰 자신의 내면과 겹쳐 보게 되는 인물이다. 앞부분의 햇살, 신호등, 멈춤이라는 일상적 장면은 뒷부분으로 갈수록 존재론적 질문으로 확장된다. 정서는 전반적으로 차분함, 망설임, 체념에 가까운 이해로 흐르며, 감정을 너무 부풀리지 않은 채 절제하고 있다.

건널목은 삶의 경계, 선택의 순간, 혹은 통과의례를 상징한 것으로 보이는데, 초록불과 빨간불은 단순한 교통 신호가 아니라 결단과 움직임, 그리고 멈춤과 노년으로 확장된다. 특히 "초록 불을 그냥 흘려보낸 날"과 "빨간 불 아래 오래 서 있던 날"은 삶 전체를 압축한 회고처럼 읽힌다. 또한 "지팡이를 천천히 옮겨 놓았다가/ 다시 제자리로 돌려놓는 모습" 이 부분은 시 전체의 핵심 이미지로 자리매김하고 있다.

물리적으로는 '한 발을 내딛지 못함'이지만 상징적으로는 결정하지 못한 인생의 순간들, 혹은 이미 너무 많은 시간을 통과해 와서 더 이상 쉽게 움직일 수 없는 상태를 드러낸다. 화자가 말하듯, "그 한 발 내딛는 일이/ 그리 어려울 것도 없을 텐데" 여기에는 외부자의 판단과 내부자의 현실 사이의 틈이 고요하게 배어 있다.

"밤마다 오래 켜져 있는/ 내 안의 신호등은/ 도무지 색이 바뀌지 않아" 이 대목에서 시는 명확히 내면시로 전환된다. 노인의 망설임은 곧 화자 자신의 문제이며, 신호등은 외부가 아닌 내면의 결정 장치다. 밤마다 켜져 있다는 점은 이 문제가 일시적인 것이 아니라 지속적인 삶의 질문임을 암시하고 있다. 그리고 색이 바뀌지 않는 신호등은 결단 불능, 혹은 이미 때를 놓친 상태로도 읽힌다.

"그 손끝에서 떨어지지 못한/ 시간 한 조각이/ 슬며시 흔들린다" 이 장면은 매우 섬세하고 인상적이다. 바지춤을 쓸어내리는 동작은 초라함과 노쇠함, 그리고 타인의 시선을 의식하는 인간적 순간이며 "떨어지지 못한/ 시간 한 조각"은 아직 끝나지 않은 삶, 정리되지 않은 기억, 혹은 미처 건너지 못한 시간임을 암시하고 있다. 시간을 물질처럼 흔들리는 존재로 형상화한 점은 이 시의 미학적 성취 가운데 하나로 꼽힐 수 있다.

"길을 건너는 일은 누구에게나/ 그림자처럼 지울 수 없는/ 숙제일 수도 있다는 것을" 이 부분에서는, 결말은 단정하지 않으면서도 깊은 여운을 남긴다. '길을 건넌다'는 것은 죽음, 변화, 결단, 혹은 다음 생애로의 이동일 수 있고, '숙제'라는 표현은, 반드시 해야 하지만 각자의 속도로 풀 수밖에 없는 삶의 과제를 뜻한다. '그림자처럼 지울 수 없다'는 말은 피할 수 없으나 끝내 따라다니는 인간 조건을 담담히 받아들이는 태도를 나타내고 있다.

따라서 이 시는 과잉된 비유 없이 일상의 장면을 통해 노년, 선택, 시간, 인간의 망설임이라는 보편적 주제를 차분하고 성숙한 언어로 밀도 있게 구현하고 있다. 특히 뛰어난 점은, 노인을 연민의 대상으로 소비하지 않고 화자 자신과 윤리적으로 겹쳐 놓았다는 점, 그리고 끝내 판단하지 않고 이해의 자리에서 멈춘다는 태도다.

당신을 만나고 나서야
말을 배우기 시작했다

창가에 머물던 빛이
슬며시 흔들리던 아침
그 떨림이
당신이 건네는 안부였다는 것을
뒤늦게야 알았다

말이 되지 못해
캄캄하게 묻어 두었던 마음들
당신의 온도가 닿는 곳마다
작은 숨결처럼
문장이 틔워진다

당신이 나를 불러주던 그날 이후
나의 깊은 우물 안에서는
아무도 읽지 못한 언어들이
윤슬처럼 부서져 피어오른다

말하지 않아도
이미 전해지는 것들
함께 서 있기만 해도
저절로 밝혀지는
마음의 빛

당신을 만나고 나서
나의 마음은 비로소 말을 배우고
그 말들은 어느새
당신에게 닿는
단 하나의 시가 되었다

        —「당신을 만나고 나서야 말을 배웠다」전문

「당신을 만나고 나서야 말을 배웠다」의 핵심 주제는 '만남을 통해 비로소 가능해진 언어의 탄생', 다시 말해 사랑 혹은 깊은 관계가 인간 내면의 침묵을 깨워 말과 시로 태어나게 하는 순간이다. 화자는 '당신'을 만나기 전까지 이미 많은 감정과 생각을 지니고 있었지만, 그것들은 말이 되지 못한 채 마음속에 묻혀 있었다. 이 만남은 단순한 관계의 시작이 아니라, 존재의 표현 가능성을 열어 준 결정적 사건이다.

'당신'은 특정 인물인 동시에 상징적 존재다. 이 시에서 '당신'은 말을 가르치는 교사가 아니라, 말이 태어날 수 있는 온도와 공간을 만들어 준 존재다. 그래서 이 관계는 일방적인 고백이 아니라, 서로의 존재만으로 이미 소통이 이루어지는 상태로 그려지고 있다.

"창가에 머물던 빛이/ 슬며시 흔들리던 아침" 이 부분에서 빛은 시 전반에서 말 이전의 신호, 즉 감각적 언어를 상징한다. '흔들림'은 아직 명확한 말은 아니지만, 마음을 건드리는 최초의 움직임이다. 화자는 뒤늦게 그 떨림이 '안부'였음을 깨닫는데, 이는 언어는 나중에 붙여진 해석일 뿐, 소통은 이미 이루어지고 있었음을 보여준다.

"말이 되지 못해/ 캄캄하게 묻어 두었던 마음들/ 당신의 온도가 닿는 곳마다" 여기에서 '캄캄함'은 표현되지 못한 감정의 상태이며, '당신의 온도'는 그 어둠을 녹여 문장을 틔우는 생명력으로 작용한다. 여기서 문장은 지적 산물이 아니라 숨결처럼 자연스럽게 태어나는 생명체다.

"나의 깊은 우물 안에서는/ 아무도 읽지 못한 언어들이/ 윤슬처럼 부서져" 이 부분에서 '우물'은 내면의 깊이, 혹은 무의식의 장소를 의미한다. '윤슬'은 빛이 물 위에 부서질 때 생기는 반짝임으로, 이는 고여 있던 침묵이 빛을 만나 시로 변화하는 순간을 아름답게 형상화하고 있다. '아무도 읽지 못한 언어'라는 표현은 이 시가 처음으로 세상에 건네는 고백임을 암시한다. 따라서 이 시는 사랑의 고백이면서 동시에 시 창작의 기원에 대한 메타포라 볼 수 있다.

그는
한 번 더 태어났다
작은 숨결 앞에서
이름 하나 기꺼이 내려놓고
허리를 굽혔다

따뜻한 밥을 안치고
작은 옷가지들을 접으며
아이의 웃음이 다치지 않게
등을 내주었다

높은 자리는 처음부터
그의 몫이 아니었다
작은 손이 닿을 수 있는 곳까지
그의 하루는 늘
뒤편으로 흘렀다

아버지란
앞에 서지 않는 사람

어둠은 먼저 맞고
빛은 오직
아이 쪽으로만 보낸다

세상이 가파르게 기울어도
그의 등만은
끝내
곧추서 있었다

—「등」 전문

이 시는 아버지라는 존재를 '앞모습'이 아닌 '등'으로 형상화하며, 한국적 부성(父性)의 윤리와 정서를 절제된 언어로 깊이 있게 포착한 작품이다. 시적 화자는 아버지를 영웅이나 권위자로 세우지 않고, 보이지 않는 자리에서 참고 버티는 존재로 그려 냄으로써 오히려 더 큰 숭고함을 획득한다.

우선 제목 '등'은 이 시의 모든 의미를 집약한다. '등'은 얼굴처럼 말하지 않고, 눈처럼 응시하지 않으며, 손처럼 움켜쥐지 않는다. 대신 짐을 지고, 바람을 맞고, 어둠을 먼저 받아내는 신체다. 시는 이 침묵의 부위를 통해 아버지의 삶을 말한다. "아버지란/ 앞에 서지 않는 사람"이 단정적인 정의는 아버지를 권력이나 중심에서 밀어내며, 자기 소거를 통해 관계를 완성하는 존재로 규정한다.

시의 첫 연에서 아버지는 '한 번 더 태어났다'고 말해진다. 이는 생물학적 탄생이 아니라, 부성의 탄생이다. 작은 숨결 앞에서 이름 하나 기꺼이 내려놓고 허리를 굽혔다. 여기서 '이름'은 개인의 정체성, 사회적 지위, 자존의 표식이다. 그것을 내려놓고 허리를 굽히는 행위는 부모가 되기 위해 자기를 낮추는 의식적 선택을 의미한다. 이 굽힘은 굴종이 아니라 책임이다.

중반부에서 시는 아버지의 사랑을 거창한 희생이 아니라 생활의 반복적 동작으로 보여 준다. "따뜻한 밥을 안치고/ 작은 옷가지들을 접으며" 이 장면들은 돌봄의 노동이자, 사랑의 물성이다. 특히 "아이의 웃음이 다치지 않게/ 등을 내주었다"라는 구절은 탁월하다. 웃음이 '다

칠 수 있다'는 인식은 세상의 위험을 이미 알고 있는 존재의 감각이며, 그 위험과 아이 사이에 자신의 등을 세우는 행위가 바로 부성의 본질임을 드러낸다.

"그의 하루는 늘/ 뒤편으로 흘렀다" 이는 의도적인 후퇴다. 높은 자리는 처음부터 그의 몫이 아니었다. 아버지는 앞서 나아가 성취를 드러내는 인물이 아니라, 아이의 성장에 자리를 양보하는 사람이다. '작은 손이 닿을 수 있는 곳까지'라는 표현은 삶의 눈높이를 낮추는 사랑을 구체적으로 시각화한다.

후반부에서 시는 부성의 윤리를 분명한 대구로 제시한다. "어둠은 먼저 맞고/ 빛은 오직/ 아이 쪽으로만 보낸다" 이 구절은 아버지의 삶을 하나의 윤리적 방향성으로 요약한다. 고통은 자신이 감내하고, 가능성과 희망은 아이에게 돌리는 태도. 이는 희생을 과시하지 않기에 더 깊은 울림을 낳는다.

마지막 연에서 '등'은 다시 한번 강조된다. "세상이 가파르게 기울어도/ 그의 등만은/ 끝내/ 곧추서 있었다" 세상은 흔들리지만, 아버지의 등은 무너지지 않는다. 이는 강인함의 선언이 아니라 버팀의 미학이다. 아버지는 쓰러지지 않음으로써 아이가 기댈 수 있는 기준이 된다.

이 시는 아버지를 말하면서도 '나'의 감정을 전면에 내세우지 않는다. 대신 이미지와 동작, 방향성으로만 말한다. 그 절제 덕분에 시는 감상적이지 않고, 오히려 더 깊은 울림을 남긴다. 「등」은 아버지를 추억하는 시가 아니라, 아버지라는 존재가 세상 속에서 어떤 방식으로 서 있는가를 보여주는 시다. 앞모습이 아니라 등으로, 말이 아니라 자세로, 존재의 윤리를 증명해 보이는 조용하지만 단단한 작품이다.

깨어 있는 시인, 가슴 뛰는 언어

좋은 시를 쓸 수 있는 비결이 무엇이냐는 질문을 종종 받는다. 그러나 이 물음은 언제나 필자를 난처하게 만든다. 시 창작이란 애초에 어떤 공식이나 틀로 환원될 수 있는 영역이 아니기 때문이다. 필자 역시 그러한 '비결'이나 '방법론'과는 거리가 먼 길을 걸어왔다.

그럼에도 생각의 결을 조금 느슨하게 풀어 보면, 비결이라기보다는 하나의 지향점쯤은 말할 수 있지 않을까 싶다. 그래서 필자는 작가 지망생들로부터 같은 질문을 받을 때를 대비해, 나름의 참고 사항을 마음속에 정리해 두곤 한다.

좋은 시를 쓰기 위해서는 무엇보다 자연과 끊임없이 대화하며, 평화로운 내면을 가꾸는 일이 중요하다고 말한다. 떠으르는 시상(詩想)을 놓치지 않고 메모하는 습관, 타인의 시를 많이 읽고 깊이 감상하는 태도 또한 강조한다. 아울러 명상의 시간을 자주 가지며, 시 창작 앞에서 주저하거나 두려워하지 말 것을 당부한다. 많이 쓰고, 또 많이 버리되, 누구의 것을 모방하지 않은 자신만의 고유한 목소리를 찾아가라고 권한다. 시를 쓰겠다고 마음먹었다면, 기꺼이 고뇌를 끌어안는 삶을 선택해야 한다는 말도 덧붙인다. 이러한 몇 가지 원칙들이 필자의 수첩 속에 자리한, 이른바 '비결 아닌 비결'이다.

필자는 이시후 시인의 첫 시집에 수록된 수십 편의 작품을 가슴으로 읽으며, 그가 이러한 과정에 얼마나 다가서 있는지를 조심스레 가늠해 보았다. 놀랍게도 이 시인의 시편들 곳곳에는 마치 이미 그 비결들을 훔쳐보기라도 한 듯한 흔적들이 자연스레 드러난다. 일상의 미세한 결을 놓치지 않는 감각, 절제된 언어 속에 스며든 사유의 깊이, 그리고 삶을 정직하게 통과한 시선이 그것이다.

이제 첫 시집을 펴내며 가시밭길의 출발선에 선 이시후 시인에게 상투적인 과찬은 어울리지 않을 것이다. 다만 분명한 것은, 몇몇 작품의 경우 기성 시인들의 표현력에 견주어도 크게 손색이 없다는 점이다. 앞으로도 늘 깨어 있는 시인으로, 늘 가슴 뛰는 시인으로 우리 문단에 신선한 바람을 불어넣는 존재로 자리매김하기를 기대한다.

2026년 1월
운산 서재에서
김부조 삼가

당신을 만나고 나서야 말을 배웠다

이시후 지음

발행처	도서출판 **청어**
발행인	이영철
영업	이동호
홍보	천성래
기획	육재섭
편집	이설빈
디자인	이수빈 ǀ 구유림
인쇄	정우인쇄

등록 1999년 5월 3일
(제321-3210000251001999000063호)

1판 1쇄 발행 2026년 2월 20일

주소 서울특별시 서초구 남부순환로 364길 8-15 동일빌딩 2층
대표전화 02-586-0477
팩시밀리 0303-0942-0478
홈페이지 www.chungeobook.com
E-mail ppi20@hanmail.net

ISBN 979-11-6855-429-0(03810)